Plataforma Editorial cede el 0,7 % de las ventas
de todos sus títulos a ONG.

Primera edición en esta colección: octubre de 2024
Cuarta edición: diciembre de 2025



Plataforma Editorial
c/ Muntaner, 269, entlo. 1.ª – 08021 Barcelona
Tel.: (+34) 93 494 79 99
www.plataformaeditorial.com
info@plataformaeditorial.com

Depósito legal: B 16882-2024
ISBN: 978-84-10243-81-1
THEMA: YBC

*Printed in Spain* – Impreso en España

Diseño de cubierta:
Beatriz Rojas

Realización de cubierta y fotocomposición:
Grafime S. L.

El papel que se ha utilizado para imprimir este libro proviene
de explotaciones forestales controladas, donde se respetan
los valores ecológicos y sociales, y el desarrollo sostenible del bosque.

Impresión:
Sagrafic

PAU BRUNET
@PauPautista

# ¡SOY LA PERA!

## El autismo contado a los niños

Ilustraciones de Beatriz Rojas

patio

¡Hola, me llamo Pau, y a veces
me siento distinto a los demás!

Deja que te explique
cómo es mi día a día y entenderás
por qué me siento así.

Cuando me despierto necesito hacer siempre lo mismo:

Primero me ducho, después me lavo los dientes y luego voy al salón para vestirme.

Siempre en este orden.

No soporto
las etiquetas de la ropa.
¡Me hacen daño!

Mi papá siempre
tiene que cortarlas
para que pueda ponerme
la ropa sin que me molesten.

Ah, y nunca he sabido cómo
hacer el lazo de los zapatos.

Así que siempre uso velcro…
¡o algún que otro invento!

Cuando preparo la mochila para la escuela,
siempre llevo el mismo desayuno.

¡No me gustan las sorpresas!

Para ir a la escuela, vamos en bicicleta
y cada día hacemos el mismo camino.

Mi papá sabe que me pongo muy nervioso si cambiamos
el recorrido y me puedo enfadar o tener miedo.

En la calle hay muchos ruidos: coches, camiones, motos —que son lo peor— y a veces pasa una ambulancia haciendo sonar su sirena y me duelen mucho los oídos.

Al llegar a la escuela… ¡más ruidos!
Muchos niños y niñas corriendo y gritando.

Muchos papás y mamás hablando.
Ahí ya empiezo a ponerme nervioso…

Cuando entro en
la clase todavía es peor,
porque allí los gritos
y el ruido de las sillas
se oyen más fuerte.

No entiendo que a nadie le
moleste tanto como a mí.
¿Por qué será?

Por suerte, tengo unos auriculares que me tapan
un poco el sonido y así me siento más tranquilo.

Es verdad que hay quienes se piensan que estoy escuchando
música, pero son para lo contrario: para no escuchar nada.

En clase, me gusta sentarme
siempre en el mismo lugar
y saber lo que se hará ese día.

De vez en cuando,
me pierdo en mis pensamientos.

Entonces, la profesora me tiene
que llamar para que vuelva
a prestar atención.

Quizás os extrañe que diga esto, pero, para mí, lo peor del cole es la hora del recreo.

Ya sé que a todos les encanta, pero a mí no me gusta nada... Hay gritos, ruido, lloros, niños y niñas corriendo y balones rebotando... todo a la vez.

Durante el recreo, siempre me voy lo más lejos que puedo y busco un rincón tranquilo. Entonces, siento que soy distinto a los demás...

Y es que casi no tengo amigos. No sé qué pasa, pero me cuesta saber cómo hacerlos. Yo creo que soy simpático, pero a nadie le interesan las cosas que digo. Y yo no entiendo muy bien a los demás.

Así es muy difícil hacer amigos.

Hasta que cumplí seis años, me quedaba a comer en la escuela, pero lo pasaba muy mal.

No me gustaba casi nada de lo que daban para comer y, además, algunas veces se reían de mí y yo no entendía por qué.

Ahora siempre como en mi casa y con mi familia:
mi papá, mi mamá, mi hermana y nuestro perro Max.

Mi hermana come de todo y, en cambio,
a mí me gustan muy pocas cosas. Aunque las haya probado
muchas veces, siguen sin gustarme.

Además, me pasa una cosa muy rara con la comida
y es que no siento cuando estoy lleno.
Así que no sé cuándo tengo que parar de comer.

A veces como tanto, que devuelvo la comida
y eso ha hecho que se me dañen los dientes.

Por todo lo que os he contado, en clase me dejan tener bolas de plastilina o unas gomas atadas a la silla para que haga rebotar mis pies en ellas: todo ello me ayuda a relajarme.

Para tranquilizarme, hago unos movimientos muy rápidos con las manos que me relajan muchísimo.

Cuando lo hago, la gente se sorprende y se ríe, y yo no lo entiendo, porque no hago daño a nadie.

Después del cole hago dos terapias: una para aprender a hacer amigos y otra para mejorar el equilibrio y poder sentir mejor mi cuerpo. Y es que, a veces, no siento el frío y puedo estar en pleno invierno sin abrigarme.

Cuando termino las terapias, me voy a mi casa a jugar: me encantan los juegos de construcción y también jugar con algún videojuego que sea tranquilo.

Siempre me gusta saber dónde están mis juguetes y si me los cambian de sitio, me enfado mucho y no sé por qué.

Antes de cenar me ducho otra vez. Me gusta el agua muy pero que muy caliente: ¡en mi casa nadie soporta el agua tan caliente como yo!

En la ducha me vuelven esos movimientos de manos que no puedo controlar. Pero como allí estoy solo, puedo hacerlos tranquilamente y me relajo muchísimo.

Como veis, a veces tengo razones para sentirme un poco diferente. Pero ¿por qué no soy igual que los demás?

Cuando tenía siete años, mis papás me explicaron una cosa que lo cambió todo: me dijeron que lo que me pasaba se llama autismo.

El autismo hace que sientas y veas el mundo de una manera diferente. No es una enfermedad, ni algo malo, sino una característica que tienen algunas personas.

Para que lo entendiera mejor, mi padre me dijo:

«Imagina que las personas son manzanas. Hay muchas clases de manzanas: las hay rojas, verdes, amarillas, unas son grandes, otras pequeñas, dulces, ácidas, jugosas, crujientes...

Todas son manzanas y todas son especiales, pues tienen diferentes colores, texturas y sabores.

Pues las personas autistas ¡son peras!».

«Aunque no son manzanas,
las peras también son frutas.

Son más alargadas, tienen una piel más
suave y un sabor distinto a las manzanas,
pero no por eso son mejores ni peores:
solo son distintas».

«Ser autista es como ser una pera entre manzanas.

Las personas con autismo tienen una forma de pensar y sentir diferente a la mayoría de las personas. Y, al mismo tiempo, todas las personas autistas son diferentes entre sí, pero no por eso dejan de ser personas».

A partir de aquel día, lo
entendí mejor y ahora sé
que: aunque la mayoría
de las personas sean
manzanas, también hay
peras, plátanos, uvas, piñas,
melocotones y muchos otros
tipos de frutas más.

En este sentido, todas somos
especiales y todas tenemos
algo que ofrecer.

Cuando pienso eso, me siento feliz
y me dan ganas de gritar:

¡SOY LA PERA!

**Pau Brunet**, también conocido como PauPautista, es un niño de diez años diagnosticado de autismo de alto funcionamiento, TEA tipo 1, que se ha convertido en un referente de la comunicación y la divulgación sobre el espectro autista. A través de sus redes sociales, sus vídeos y sus colaboraciones con medios de comunicación y asociaciones de autismo, Pau comparte su experiencia y su visión del mundo con el objetivo de sensibilizar, informar y romper estereotipos sobre el autismo.

Dotado de un gran carisma y de una capacidad de expresión sorprendente, Pau ha participado en programas de televisión y radio, ha dado una charla TED y ha recibido distintos reconocimientos por su labor divulgativa.

# OTROS TÍTULOS DE PATIO